# 乡望集

张甬东 著

中国广播影视出版社

**图书在版编目（CIP）数据**

乡望集 / 张甬东著 . -- 北京 : 中国广播影视出版社, 2023.3 ( 2024.4 重印 )
ISBN 978-7-5043-8982-4

Ⅰ . ①乡… Ⅱ . ①张… Ⅲ . ①古体诗 – 诗集 – 中国 – 当代 Ⅳ . ① I227.7

中国国家版本馆 CIP 数据核字 (2023) 第 014477 号

---

**乡望集**

张甬东 著

责任编辑 宋蕾佳
责任校对 龚 晨
封面设计 尚 强

出版发行 中国广播影视出版社
电　　话 010-86093580 010-86093583
社　　址 北京市西城区真武庙二条 9 号
邮　　编 100045
网　　址 www.crtp.com.cn
邮　　箱 crtp8@sina.com

经　　销 全国各地新华书店
印　　刷 永清县晔盛亚胶印有限公司

开　　本 880 毫米 ×1230 毫米 1/32
字　　数 130（千）字
印　　张 5.875
版　　次 2023 年 3 月第 1 版 2024 年 4 月第 2 次印刷

书　　号 ISBN 978-7-5043-8982-4
定　　价 45.00 元

# 作者简介

**张甬东** 笔名平凡，浙江嵊州市人，毕业于杭州大学，中国诗歌学会会员，2008年发表长篇小说《情女》。擅长古诗词创作，本书集合了其平时创作之精华。

# 浅谈古体诗的“比、兴、赋”

◎曾凡华

清人袁枚在其《随园诗话》中说了句大实话：“诗家两题，不过‘写景、言情’四字。”张甬东先生的古体诗集《乡望集》正是应了此说，通篇都在“写景、言情”，只是其“写景”并非“一过目而已望”，而其“言情”则“往来于心而不释”……

袁枚与张甬东同为江浙人，皆学成于杭州，游走四方以诗词为好，只是所处时代不一、经历不一。前者系乾隆四年进士，做了几年“尔曹州县吏”之后，自觉无趣，遂辞官出游，“足迹造东南山水佳处皆遍”，著述颇丰。作为后之来者的张甬东，毕业于杭州大学之后，在职场拼搏多年，稍有积蓄即浪迹江湖，遍游祖国大好河山，并在行旅途次以诗记之，写景之外兼感怀世事、嗟叹人生，虽无袁枚之才，却有士子之风。其所作多为古体诗，“集腋成裘”之后托友人嘱我为序，因感其“诗意栖居”之生活态度，才勉力允诺。

我知道，序是不好作的，不能轻易为之。一是“费力”，所谓费力，是要费大力去读懂、读透作品，这与一般的轻松阅读不一样，就是要沉下心来反复读、反复琢磨，一定要读进去，读进作者的心里去，特别是古体诗，“地皮雨”式的“一带而过”是读不出诗的内蕴的，须潜心细读深悟才能得其要旨；二是“劳神”，这里的所谓“神”，不是“下笔如有神”的“神”，而是孟夫子说的“苦其心志”，即夙兴夜寐，苦苦思索，取精华以彰显之，择糟粕以评析之。我这里指的“糟粕”并非“垃圾”，仅为“非美者也”。张甬东的诗，“精华”多多，但也有“糟粕”，这里指的是“不足”与“寥误”。

除此之外，为诗作序，须有诗意——无论行文叙事皆然。这一点，鲁迅就是榜样。他在为左联五烈士之一——殷夫的诗集所作的序即《白莽作〈孩儿塔〉序》中，弥满了沉郁的诗意，评诗之语亦为诗——

“这是东方的微光，是林中的响箭，是冬末的萌芽，是进军的第一步，是对于前驱者的爱的大纛，也是对于摧残者的憎的丰碑。”

一连迭六个诗意的比喻，节奏富于音乐性和韵律感，使一篇短短的序文，具备了一种撼动人心的艺术力量。

由此看来，一篇诗序若无诗意，又无疏导之力与点化之功，只是望文生义，敲点边边锣，对作者而言，算是轻慢；对读者而言，便是罪过。

在我的眼里，诗的天地是广阔的。从张甬东的诗创作来看，他也是读了很多诗书的，虽不是“破万卷”，也算是“穷老尽气”得了其“阃奥”的。因此，他“求诗于书中，得诗于书外”，是“读万卷书、行万里路、写万首诗”的躬行者，其《乡望集》的出版，即为明证。

《乡望集》共五辑；分别为《游记篇》《花草篇》《人物篇》《山水篇》《感悟篇》。这也应了孔子概括的“兴观群怨”四字，只是“言情者”居其一罢了（《感悟篇》）。其实，诗作者在《人物篇》与其他篇什里，也有不少“言情”之处，只是归类的纲目有别罢了。

顾名思义，《游记篇》里的诗多为旅游之记。他上天目，游普陀，日观雷峰塔，夜宿四明山；他春临淡溪，夏走温泉，秋访西宁，冬过松江……其中《西北山行》《四明山夜宿》《初春上红佛寺》等篇什，字句工丽、修辞得法，虽是走马观花的游记诗，却写得颇有蕴意，具古人之风。

《花草篇》吟花咏草，虽为前人写尽，却也有他自己的新发现。如《秋江芦花》，他就发现了“芦花”随步春天的喜悦之状，以“莫笑”作反衬，一改前人写秋江芦荻的愁绪，翻出了新意。另有《泡桐花》也写出了新的内涵——“泡桐生老宅，深巷无人睬。

淡雅藏不住，阵阵清香来。”若不是穿凿附会，我觉得“泡桐花”是有寄托的，有李商隐“幽人不倦赏”之寓意。

后汉郑众说过：“诗文诸举草木鸟兽以见意者，皆兴辞也。”其实，“兴”有两种：一是置于诗的开头，来引起所兴的事物，如《关雎》诗的“鸠”；二是引诸多草木鱼虫来显示用意的，如屈原的《离骚》。

陆机在《文赋》里说“谢朝花之已披，启夕秀于未振”，意指对别人已写过的意境，须规避掉，应写人所未写——写未开之花，才鲜美。大凡写景咏物的诗，都需细心体察，凭着诗人敏锐的观察，才能写出自己独有的感受。看得出来，对于此论，张甬东是心领神会的，他也试图在自己诗的创作中，按照这一原则，去努力实践。

《山水篇》这一辑，似可以与《游记篇》归于一类，因为其“游记”的多为“山水”，而“山水”也多被其“游记”。好在诗人有诗的灵性在握，于“山水”之外，找到一些“人性”的因子——“三潭月漫桃柳舞，春景易逝梦回驻。文人墨客数辈出，料胜西湖几近无。”张甬东在杭州求学，在文人咏叹无可计数的“三潭印月”风景地，找不到诗的突破口，唯有叹息，然而在叹息之余，却无意中跳出了一缕与众不同的诗的灵感，生发出一些人生的感悟，这大概就是“兴”之所致吧！

后汉的郑众还说：“兴者托事于物，则兴起也，取譬引类，启发已心。”这也是颇有见地之言。张甬东在他的《人物篇》及《感悟篇》里，颇爱用“兴”的手法，但主要用的是“赋”——赋可写景叙事，亦可述志抒情，即“敷陈其事而直言之也”。

借景丰富诗的意境、提炼诗的主题，通过凝练的语言去概括生动的哲理……前人关于诗歌写作的这些教诲，张甬东是铭记在心的，也是在他的《乡望集》中汲汲以求的。从总体上看，这部诗集里的大多数诗，都写得颇为简洁、含蓄，且短促有力，有一定的蕴涵。

如他写的《崇仁古镇》中：“繁华铅尽总归静，人留轶事宅留名。灰墙高楼纵横巷，日日穿梭唯清风。”

《居山乐》：“晨醒闻鸟鸣，日梭芳草间。晚霞落远峰，吟归见炊烟。此时该当休，品茗半日天。清风送我闲，自由在青山。”

《牡丹》："牡丹竞芳在亭园，不见乡野一枝艳。日日妆剪为谁开，几日芳菲几日怜。"

作为"书痴"的我，特别欣赏他的《书痴》："此生有幸为书痴，权贵物欲不所迷。任来阅尽万卷书，自有清静一天地。"诗中有赋陈、有比兴，且文采斐然，尽管格律上不一定准确，却意味深远，能让人感悟到内中的另一层命意。

此外，作者在另一些诗句里，更是将这种诗的意蕴发挥得淋漓尽致——

"叶落秋声（风）又重起，劳雁纷飞并声啼。"（《望乡》）

"奈何人生也如此，唯此平等无贵贱。"（《残荷》）

"人生曲折平常事，妙诗多从失意出。欲达高峰哪有直，迂回高低皆为路。"（《乐者赋》）

"人间悲欢台上演，离乡颠沛台下咽。"（《戏班》）

……

这些诗句的对仗、承转虽用得不是太熟练，但诗的理趣显而易见。

在序的最后，我还是引用诗集的最后一首压轴诗《元宵节》来作结尾："元宵节后泪滴滴，又是背井离乡时。村边回头频频望，不知何时是归期。"

我以为，此诗正合诗集的题旨，诗人将回望自己的故乡，写得情深意切，若是回望自己的诗呢？是"泪滴滴"还是"笑吟吟"？抑或五味杂陈……

是为序。

（曾凡华　历任《解放军报》文化部主任，长征出版社、线装书局总编辑，中国报纸副刊研究会会长，中国诗歌学会副会长。现为中国报纸副刊研究会名誉会长，艾青文学院院长。）

CONTENTS

# 目 录

## 第一辑 游记篇

## 第二辑 花鸟篇

## 第三辑　山水篇

## 第四辑 人物篇

## 第五辑 感悟篇

# 第一辑

# 游记篇

# 西宁行

风驰电掣千里游，
西北不同江南愁。
草原无垠任清风，
天地空灵我悠悠。

# 登黄山

直上山巅天地蓝，
高远空灵无相伴。
松涛清风送我语，
白云驾我观群山。

# 登天目山

白雾绕高林，
日出方知晴。
空灵在远处，
登高入意境。

# 山行

卵石青苔级，
唯随松影行。
鸟鸣几声回，
隐谷山林深。

# 普陀游感

同为所视，
异为所思。
海阔天空自存在，
悟者心胸若与比。

# 雷峰塔观感

山水不关人间情，
自随春夏秋冬轮。
奈何人间情不断，
终入山水解愁深。

# 过断桥

熙攘一阵阵，
柳桃倍相衬。
笑看瓣落红，
多少断肠人。

# 西白山行

知音相随千步少，
欲登高山不觉老。
晚秋已进深山谷，
雒果才上万枝俏。

# 西游白雁坑

茂林山高幽，
小溪流人家。
风月无惆怅，
只懂四季花。

# 四明山夜宿

山水趣我心，
品茗度光阴。
此生乐其中，
何时不是春。

## 初春上红佛寺

踏青登山叠翠染，
寒寺难挡春色漫。
遥看红霞落山间，
原是桃花盛开艳。

# 秋游抚仙湖

蓝天白云秋韵远，
碧水涟涟迎客山。
环树落叶不关愁，
只待春芳重回岸。

# 夏夜入温泉城

湖景照明月，
山倾柳影远。
百虫鸣知己，
人留孤自怜。

## 骑马游九乡

骑马赏景直抒臆，
真把自个当公子。
遥想驰骋此等惬，
愿做戍军回古时。

# 初春游淡溪

枉费冬去暖来迟，
已是春风不相识。
好烦春日烟雨长，
无奈春花合我意。

## 登山进农舍

翠竹青石屋，
狗吠迎客门。
闻者躬起身，
料是屋主人。

## 入山间幽林

三翻四越迷幽林，
忽来烟雨飞瀑声。
山间野花始方开，
只觉此中留春风。

# 与山为伴方为静

久与青山共作伴，
只缘世事不入山。
清风绕林落日霞，
茶香晚读共催眠。

# 烟雨入山

烟雨霏霏隐群山，
一晴方知春满天。
溪水淙淙落花来，
焉知老夫入谷难。

# 独处

独恋孤村身心闲，
不随东风任狂狷。
茶香一杯谢俗世，
不迎权贵只敬山。

# 居山乐

晨醒闻鸟鸣，
日梭芳草间。
晚霞落远峰，
吟归见炊烟。

此时该当休，
品茗半日天。
清风送我闲，
自由在青山。

# 杭州缘

杭州在学四年载，
足印山水慨情怀。
豪游胜景遍神州，
还是杭城入梦来。

# 山水人间

山无尽色水添美，
人无尽意愁诉谁。
山水相依久长远，
人间离恨只增岁。

第二辑

# 花鸟篇

# 梅花

早知春来报，
不觉春料峭。
寒雪遍地白，
心暖枝上娇。

# 寒梅

寒梅带雪初始开，
从此大地百花彩。
素雅高洁本冷矜，
却有暗香带风来。

# 牡丹（一）

牡丹雍容过艳华，
赏尽牡丹无娇花。
花港亭园竟态妍，
不入寻常百姓家。

# 牡丹(二)

牡丹竞芳在亭园，
不见乡野一枝艳。
日日妆剪为谁开，
几日芳菲几日怜。

# 芍药花

芍药不比牡丹花，
却见人爱进万家。
芍药赏尽春逝去，
唯将暮春也惊华。

## 月季花（一）

江南牡丹贵园生，
当是月季艳杭城。
花好易逝终伤感，
唯是月季月月情。

# 月季花（二）

何花能有七色纷，
每色寓意深人心。
我爱月季不只艳，
此花陪我日日春。

# 白百合

它花为艳百合洁，
玉瓣片片白如雪。
人间最美莫过爱，
最喻爱情首百合。

# 杜鹃

杜鹃竞烂漫，
林翠清泉远。
迎红人自醉，
送春山外山。

# 梨花

村前隆地喜种梨，
淡雅品洁且相宜。
桃红柳绿撩人醉，
梨花素净沁心脾。

# 樱花

樱花烂漫谁无醉，
只惜此中最悲脆。
莫道美景难长留，
一夜春雨花落摧。

# 海棠花

春色芳菲有桃李，
海棠盛开才艳齐。
牡丹雍容占风尽，
海棠天姿拟可比。

# 葵花

葵性自由总向光，
花由相生像太阳。
磊磊光明心无瑕，
硕果粒粒满脸畅。

# 秋江芦花

江岸随步去年春，
芦花茫茫风阵阵。
莫笑伊人愁无常，
只因你是缘外人。

# 泡桐花

泡桐生老宅，
深巷无人睬。
淡雅藏不住，
阵阵清香来。

# 落花（一）

漫山遍野花缤纷，
落花阵阵不尽恨。
情到深处总是泪，
只缘爱恨难再分。

# 落花（二）

花谢归去消无痕，
留忆尚寻余香存。
赏花怡情已不易，
怀美终落相思恨。

# 蝶与花

每到春花烂漫时，
彩蝶劳飞纷踏至。
春花为蝶尽芳艳，
彩蝶至死为花痴。

## 赏花

春来人不宁，
原是花作美。
奈何花易逝，
落下多少悲。

# 花缘

娇花当应春雨润，
却有梅花不识春。
花开花落本无意，
伤感只因恋花人。

# 樱 桃（一）

春来花丛簇，
山水尽眼福。
哙果当秋时，
樱桃唯春入。

晶莹玲珑珠，
不甚落下肚。
春果也似花，
美景当春出。

# 樱桃（二）

樱桃一红满城闲，
郊野熙攘车满园。
春色果真不一般，
春果堪与花比艳。

# 桃形李

桃李一熟万家甜，
穿亲访友户户宴。
酷暑难耐三更起，
夜夜劳作不尽眠。

# 红豆杉果

红豆玲珑珠，
可药更艳美。
欲佩串成链，
可怜红滴泪。

# 树

地上覆丛林，
天上缀群星。
四季大地色，
棵棵树点成。

# 水岸杨柳

江南溪流驰纵横，
迎风招展见杨柳。
此物春风最轻浮，
水岸缠绵银月幽。

捣衣碎月拂愁去，
止静复圆又上忧。
不见思女娇容脸，
柳丝成断随溪流。

## 紫藤

紫藤挂松下，
盎然彩青山。
未花隐于林，
依弱不及凡。

# 叶

一夜春雨满枝芽，
甘为底色陪春花。
东风吹来西风去，
生生不息遍天涯。

# 残荷

仲夏荷花谁比艳，
秋深无踪枯茎寒。
奈何人生也如此，
唯此平等无贵贱。

# 枫叶

枫叶知秋萧，
也照春花艳。
霜露枫叶红，
误把千花赞。

层林山尽染，
不逊春烂漫。
只是不逢时，
任让寒风残。

# 枫叶红

春意盎然人满场，
艳去凋零孤自伤。
凛然不与春花伴，
只斗寒霜添红妆。

# 青竹

茂林翠竹两相依，
迎风不折任摇曳。
直上云霄志不渝，
青山傲骨有我节。

# 竹林

直破尘土冲云霄，
节节高升节节傲。
宁裂不屈挺青山，
不惧狂风弄浪潮。

# 小鸟

叽叽喳喳树上待，
可闻可赏不可挨。
别看小鸟在田间，
直把苍穹当舞台。

# 蜜蜂赋

万蜂奔波终不息，
直把花汁酿成蜜。
醇蜜带香入万家，
采蜂不知味何几。

# 春风

不知春风到，
只见柳枝俏。
此后日日变，
草木皆妖娆。

# 春雷

一夜春雨惊雷到，
寒将终去更新潮。
草木岂是无情物，
吐翠满地报春晓。

# 春雨

天上酥酒谁从酿，
飞落原野通饮畅。
草木乍醉何模样，
大地换颜彩飞扬。

# 春色

草木依依尽芬芳，
哪有春心不飞扬。
人生如梭几时何，
纵将青春作情长。

# 窗外春色

春困懒觉鸟鸣啼，
一缕晨曦跃床席。
忽觉春色非昨日，
还是春花争朝夕。

# 春暮

处处艳花开，
无缘通灵心。
落日晚霞红，
看鸟渐归林。

# 夏夜

初夏岸堤草木深，
百虫竞鸣柳影沉。
月落无声湖面镜，
相映月镜俩侣人。

# 晴夜

日落寒来宁月观，
云淡星熠夜阑灿。
池影风起叶琴瑟，
想及余情枕不眠。

# 深秋

最爱秋高橘柑黄，
年年此时收割忙。
不知秋风何魔力，
百果皆熟大地香。

# 秋日

秋风穿高林，
雁去啼声远。
寒霜原野白，
彩叶艳群山。

第三辑

# 山水篇

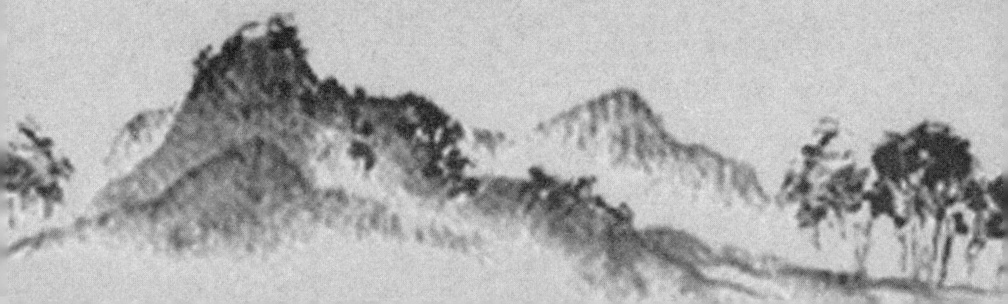

# 庐山

云横巅峰欲成雨，
秋风忽来驾仙去。
悠悠白云跃青山，
几曾停留几曾许。

# 莫干山

登高山秀外，
落涧染晚霞。
空灵不知归，
炊烟迎远客。

# 孤山

春来孤山雨丝丝，
林下卿卿候鸟啼。
桃红柳绿最赏时，
不知何时归白堤。

# 昆明石林

鬼斧神工无出右，
远峻近险侧灵秀。
欲与天公争斗奇，
只因未到此处游。

# 黄河

黄河染尽华夏黄，
代代传承兴丁旺。
奔流直下千万里，
生生不息稻麦香。

# 运河

运河流千里，
一路载诗词。
水桥见人家，
柳下浣女子。

# 水

水容万物终无穷，
海纳百川方为大。
人生若能从中悟，
不枉心计负年华。

## 青海湖

天泼浮云连青湖，
湖天一色云飞舞。
欲裁云纱作衣裳，
可靓人间多少妇。

# 昆明滇池

昆明春花四季开，
引得游客八方来。
竟与海鸥邻相嬉，
错把滇池当大海。

# 千岛湖

千峰成岛浮水连，
不问湖深问高山。
万顷浩淼同天色，
疑似碧天落人间。

# 春漫西湖

三月杭城柳丝飞，
千里烟雨草木醉。
从来山水解伤愁，
哪知西子多情泪。

## 西湖春夜

垂丝吐碧翠，
和风入西湖。
月色漫堤岸，
柳下语渐疏。

## 夜西湖

霓虹斑斓披环山，
湖堤婆娑恨迟晚。
都知浪漫最情物，
西湖何处不尽然。

# 月夜西湖

三潭月漫桃柳舞，
春景易逝梦回驻。
文人墨客数辈出，
料胜西湖几近无。

# 呼伦贝尔草原

一路驰骋骏马远，
不尽草原辽无边。
落日晚霞彩云低，
牛羊牧归见炊烟。

# 文墨杭州

杭城闻名天下知，
苏白伟绩千古诗。
最美风光终有憾，
文墨添景最传世。

# 春色杭城

春雨绵绵日日梦，
波光粼粼万般情。
十年一去梦方醒，
总是春色醉光阴。

# 春待杭城

此去杭城数几日，
览尽春花觉伤时。
娇花尤爱却易逝，
还是芳草久长依。

## 都市浮华

大厦鳞次繁如锦，
霓虹闪烁车流奔。
人流川息摩接踵，
夜阑孤灯空一人。

# 六和塔

滚滚钱潮闻天下，
相守相望六和塔。
最是浪高中秋节，
滔滔声声入万家。

# 西湖明月

波光粼粼月夜静，
垂柳丝丝春风迎。
西湖明月俩不知，
多少情愫此中生。

# 富阳龙门古镇

几家庭院几家春，
树树近楼楼庇荫。
东水环村江花艳，
不觉春风独怜村。

# 崇仁古镇

繁华铅尽总归静，
人留轶事宅留名。
灰墙高楼纵横巷，
日日穿梭唯清风。

# 江南乡村

村村溪水连，
相缘共饮水。
春来江花开，
柳丝约春妹。

# 山村

雾绕浮人家，
白墙青黛瓦。
晨起叠翠耕，
晚归迎彩霞。

# 前岗村

山出平地欲近天，
云雨人家花满前。
从来熙攘富贵家，
何入山村客流满。

# 渔村

幽岛渔村夜如昼，
户户鱼香溢满楼。
海阔夜深明月高，
浪滔声声入渔舟。

# 乡间别墅

亭台楼阁园外园，
年年主归三五天。
春来艳花无人赏，
农人春耕田野晚。

# 泡桐农家

踏青过山叠翠扬，
春风扑面解愁肠。
泡桐树下茶农家，
不见主人只闻香。

## 雪夜民宿

瑞雪覆山村，
疑是月下银。
来客几家有，
门前自留痕。

# 乡村美景

溪水潺潺绿树延，
捣衣声声绕村边。
村野处处鸟语声，
不入农家踏青山。

# 山村田野

春野顺山延，
翠绿覆其间。
禾苗静如水，
薄雾任缠绵。
沟渠纵横流，
春花竞芳艳。
为问嫦娥女，
仙景似这般。

# 人间田园

万里晴空碧无尽，
原野翠绿共相衬。
天地融融有人间，
生生不息田园恩。

## 夜明月

夜静百虫鸣，
月高共鸣远。
小径通幽林，
不惊鸟树眠。

# 自然

庭前有方土，
本想雕饰去。
四季花自来，
吾惭不胜于。

# 雪夜

寒夜悄声无，
酌酒驱寂孤。
开门千里白，
不知归家途。

# 月夜

明月当空孤直远，
夜静朦胧催人眠。
与月同孤怜相惜，
漫漫月色人缱绻。

# 第四辑

# 人物篇

## 家国

千年封王朝，
一部权谋史。
朝朝梦万世，
朝朝枉心机。

# 始皇

秦公霸一业，
遍野青丝骨。
英雄名千古，
血汗泪万卒。

## 佩汉帝刘邦

辗转落败寻常事，
势借东风终成帝。
后生从中得何知，
笑谈成败从头起。

# 曹公

文武双杰成霸业，
千古贼名实为过。
试问天下如其位，
不称帝王有几个。

# 正曹公

逐鹿中原皆草莽，
文韬武略唯曹臣。
不知奸雄何时称，
料妒才贤集一身。

枭雄一立百王灭，
铁马干戈闲来文。
仰望耀星有几颗，
功名自在震乾坤。

# 李世民

百帝庸碌不足奇，
初唐盛世无双出。
雄才大略难瑕疵，
相煎只缘身其处。

浮世平和非政治，
袖下堪比刀剑戳。
帝国世袭东滔去，
换得后辈不相毒。

# 柳永

文人墨客入扬州，
春花雪月满上楼。
佳人琴瑟终不止，
唱尽人间悲欢愁。

# 高骈

莺歌燕舞夜不沉，
才子佳人醉梦春。
烟雨烂漫扬州城，
消沉多少英雄魂。

# 扬州失英雄

中原自古铁戈声，
驰骋沙场扬英名。
最是柔情落江南，
枭雄不入扬州城。

# 徐志摩

志摩风流四名媛，
天赐艳福万人羡。
英年早逝为情去，
自古多情难随缘。

# 林徽因

沙龙于徽因，
齐聚皆伟男。
才貌得益彰，
纵论五千年。

# 民国名媛

民国书香几名媛，
各领风骚齐星灿。
名门望族掌上珠，
终出闺楼惊伟男。

# 致志摩

人生坎坷笑谈易，
喜怒哀乐皆成诗。
天生为乐山水伴，
唯为伤感落情痴。

# 父母

父母为孩儿辛艰，
换得孩儿成年安。
父母看孩千不厌，
几曾孩儿回家见。

# 今日之女性

五四开辟启蒙元，
共和摧枯三重山。
高府学霸今如林，
威威已然半边天。

# 渔家女

千里碧波无定时，
日月沉浮伴孤寂。
望海无尽几船归，
一轮清月迎潮汐。

# 少女

春来桃花自娇艳，
不慎羞红少女脸。
花开花落年复年，
多少情愫积心间。

# 情女（一）

明月不识愁，
送景入孤楼。
相思春夜长，
堪何几身瘦。

# 情女（二）

纵然将酒三千杯，
不及相思一杯泪。
此恨绵绵落情深，
再生绝无此等悲。

# 知己

芸芸众生熙攘攘，
相遇已是非寻常。
相识相知人间稀，
但愿此生共情长。

# 游子

古樟岸立清溪流，
少离难回奈愧疚。
岁月留痕总关情，
回首最忆是乡愁。

# 读《红楼梦》有感

少男少女红楼梦，
悲中更悲源情深。
千年封建血泪史，
半是疆场半婚姻。

# 偶感

文理武治各千秋，
武治拓疆当应首。
唯宋文理国柔弱，
诗词翘楚载风流。

# 同学聚

杭城一别十年长，
壮志豪言犹回荡。
不见功名见沧桑，
最怯相聚又虚光。

# 毕业别

艰辛万苦不轻弹，
了然柔情泪下泉。
情深不知天南北，
千里借月将思传。

# 第五辑

# 感悟篇

# 人生

人生苦与短，
可谁无青春。
何患他人比，
自由写人生。

# 世事

人间疾苦多如毛，
问君经受知多少。
沧桑坎坷为哪般，
心悴归真人已老。

# 生活

事事精明时时累，
人生不过近百岁。
料想正事百一二，
不如洒脱视尘灰。

# 磨难

莫叹人生世事多，
但求平安无坎坷。
一历磨难胜万语，
成就多少人间杰。

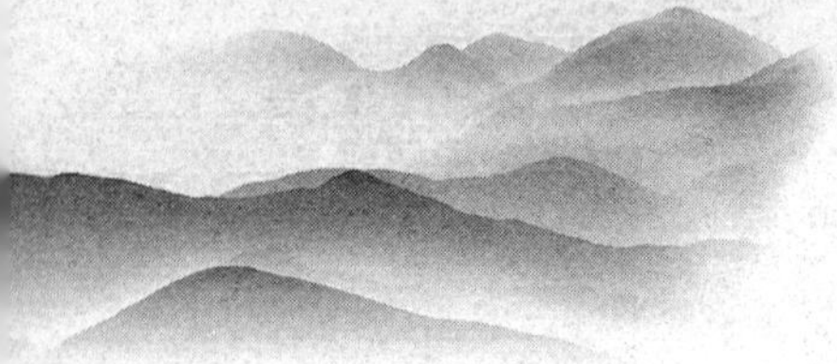



# 缘

人生相遇若有缘，
山水草木皆为伴。
纵有一日隔千里，
夜色明月也情传。

# 老歌

岁月无情歌有情，
多少往事烙歌声。
一代歌谣一代人，
老歌一首泪盈盈。

# 往事如歌

人生烙印几春秋，
逝将不回终成惆。
往事如序今是歌，
纵情哪能不泪流。

# 简

三足立一面，
日啖不出三。
人欲无止境，
当应书来垫。

# 宁

山水有我缘，
收我满腹愁。
何处归宁静，
一书一林幽。

# 心境

心欲近山水，
诗境自然来。
四季日月异，
草木弄情态。

# 孤

明月苍穹中，
我行柳溪边。
本应遥不及，
心有同月感。

# 悟

人从自然来，
终归自然去。
人性近自然，
生命诚可趣。

## 领悟

哪有忧愁哪有人，
此乃生活莫生恨。
人生曲折千百回，
身许美景览不尽。

# 我乐

白日艳阳照，
落日有明月。
天赐厚人间，
我当顺天乐。

# 乐

晨起山水行，
晚归伴落夕。
明月对我酒，
独然真自己。
世事皆沧桑，
负行身心疲。
山水常作伴，
乐我初心谛。

# 乐者赋

人生曲折平常事，
妙诗多从失意出。
欲达高峰哪有直，
迂回高低皆为路。

# 吾志

生逢盛世无敌仇，
早拔百年英辈流。
吾将英雄庶民苦，
不作功名孺子牛。

# 静心

孤独身闲省人生，
俗事不入寂然静。
尘世正事百一二，
何必事事争分明。

# 痴情

楚楚少女媚，
哪知情中味。
芳颜为谁去，
试问眼中泪。

# 学

为用而学善其能，
无用而学修其身。
善能奔波为生计，
修身驰骋于精神。

# 书痴

此生有幸为书痴，
权贵物欲不所迷。
任来阅尽万卷书，
自有清静一天地。

# 江南春

漫山遍野葱郁翠，
身临其境不知归。
为何江南千古爱，
春花柳丝谁不醉。

# 春愁

太平盛世歌舞悠，
花前月下添生愁。
不是春色不合意，
只缘经世总关忧。

# 春景

春风不知相思泪，
吹过处处尽芳菲。
纵情美景最伤神，
只因此情再不回。

# 望星空

低头见禾土，
抬头望穹星。
人世天地间，
敬畏由此生。

# 入情

岁月无痕人留影，
往事徘徊总关情。
莫道美景难相遇，
只缘春心不在境。

# 望乡

叶落秋声又重起，
劳雁纷飞并声啼。
日落西山如关情，
赏尽黄昏总乡思。

# 乡思（一）

一片红叶知秋深，
东风远去不及身。
人在故土风情淡，
他乡见柳似故人。

# 乡思（二）

异乡沧桑无相靠，
寂寞难耐自唠叨。
年少离乡不愁远，
老大思故近方好。

# 水桥别

今别又深秋，
相望岁月流。
人世皆易逝，
唯有相思久。

# 柳溪别

别离亦步泪凄凄，
非吾柔弱傍相依。
情到深处皆美景，
郎君不在遍伤地。

# 异乡逢友酒慰别

人落天涯无相依，
但见明月照乡思。
入俗风情总相宜，
久长何处非故地。

# 别君

经年郎君得意时，
进京求学隔千里。
莫问身疲为忙事，
只怕闲时更相思。

# 友别

此去一别多少事，
愿君忘情从头起。
人生无常古难握，
越过此山是平地。

# 平凡梦

人世多半将就过，
何必耿耿于失得。
人人心想梦成真，
世界舞台有几个。

# 醒

孤独常作伴，
岁月悟人生。
茶香胜浊酒，
清风送我行。

# 萌情

桃花本无心，
少女见怀春。
不知此何物，
芳心不再宁。

# 青春

春风和煦百花艳，
不枉青春当因缘。
花开花落年复年，
共与青春几许年。

# 晚年

告老归乡作农夫，
自耕自产一方土。
晨听鸟鸣日锄禾，
落日晚霞摘果蔬。

# 戏班

人间悲欢台上演，
离乡颠沛台下咽。
人生坎坷本如戏，
身演其中尽怆然。

# 富贵奢乐

暖风吹得寒冬热，
夏日化雪足下乐。
真把人间当天堂，
不知五谷炎寒作。

## 湖蟹味

草木萧萧西风吹，

霜露落地湖蟹肥。

此恨未做太湖人，

家家蟹红享美味。

# 元宵节

元宵节后泪滴滴，
又是背井离乡时。
村边回头频频望，
不知何时是归期。